U0058187

作者簡介

黃姿慎

國立新竹教育大學特殊教育研究所碩士
新竹縣山崎國民小學特殊教育教師
新竹縣特殊教育資源中心主任

希望「融合之愛系列」繪本讓大家不只愛我們的孩子，也能懂他們，讓專業與正向包容作為陪伴他們成長的兩大良方。

孟瑛如

美國匹茲堡大學特殊教育博士
國立清華大學特殊教育學系教授

希望「融合之愛系列」繪本能讓大家看見孩子的特殊學習需求，讓孩子可以做最好的自己。

目 錄

第二篇　給來自異世界的你

第一篇　給身邊有來自異世界同學的你

　　這裡有一副神奇眼鏡，可以讓你看見不一樣的東西。也許你身邊有來自異世界的同學，他（她）有著異世界的負面特質，但是換個角度想想，其實也可以是優點，例如：

過動 → 充滿活力	固執 → 堅持不懈
鎮日幻想 → 有創意、想像力豐富	魯莽 → 敢於冒險、充滿進取精神
太過強勢 → 堅定有自信	思考遲緩 → 思考深入
愛頂嘴 → 獨立思考	懶惰 → 從容不迫
好爭辯 → 口才辨給	控制慾強 → 善於分配工作
太過霸道 → 有領導能力	容易分心 → 好奇心強
時間感差 → 活在當下	難以轉移注意力到下一件任務上 → 非常專注

*上文引自吳侑達、孟瑛如（譯）（2017）。辛蒂・戈德里奇（Cindy Goldrich）著。*給過動兒父母的八把金鑰*（*8 Keys to Parenting Children with ADHD*）。新北市：心理。

　　透過以下的練習，要讓你看到「特殊」背後的美好……

我和異世界同學的好朋友宣言：

找到共同頻率！

　　要和異世界同學交朋友的第一步，就是要能找到和他共同的頻率。也許同樣的興趣、偶像或是下課活動，都會是好方向。而在這些情境中，我可以找到什麼樣的話題做為和他溝通的鑰匙？

情境		我可以跟他說的話
他一個人坐在座位上發呆	➡	
他正在校園花圃中研究昆蟲	➡	
其他……	➡	
其他……	➡	

其實我懂他的心！（一）

異世界同學的行為總是看來特異，這些「搞砸的」行為其實常常代表著他們某些需求或想法，在戴上神奇眼鏡之後，讓我們試著看到背後的真相……

我之前看到的他		戴上眼鏡後試著看到背後的真相
當我問他想不想一起玩，他卻看也不看我，口氣不屑的說：「隨便。」	也許真正的原因是 →	他其實是喜歡我的邀請，只是不好意思表示心中的喜悅。
當我和同學拿出自己的戰鬥陀螺在戰鬥台比賽時，他卻故意把我們的戰鬥台弄翻了。	也許真正的原因是 →	他其實想要和我們一起玩，只是不知道怎麼開口。
其他……	也許真正的原因是 →	
其他……	也許真正的原因是 →	

其實我懂他的心！（二）

異世界同學的表達常常讓人覺得很受傷，在戴上神奇眼鏡之後，讓我們試著正向看待他的情緒……

他說的話		戴上眼鏡後試著看到背後的真相
你們看起來很遜，我才不想跟你們一起玩……	其實他想說的是… ➡	你們在玩什麼？看起來好像很好玩。
不會跳跳繩又不會怎樣，我一點都不想玩……	其實他想說的是… ➡	
其他……	其實他想說的是… ➡	
其他……	其實他想說的是… ➡	

說好話練習（一）

異世界存在著不同的人種，共同的語言就是正向語句，說出你想要的，並信守承諾，而不是凡事問為什麼？請嘗試著用正向語句和他們溝通！

我本來要説： 聊天的時候不要一直聊昆蟲，這些內容實在很枯燥。	➡	我可以説正向語句： 我希望你可以和我聊不同主題的話題，這樣我會覺得和你聊天很有趣。
我本來要説： 分組活動不要只顧著做自己的事情，老是幫倒忙真討厭。	➡	我可以説正向語句： ……希望你可以…… 這樣我會覺得……
我本來要説：	➡	我可以説正向語句： ……希望你可以…… 這樣我會覺得……
我本來要説：	➡	我可以説正向語句： ……希望你可以…… 這樣我會覺得……

說好話練習（二）

異世界同學需要正向而且直接的溝通模式，試著用正向語句解決你遭遇的問題。

情境：
他的東西放得很亂，都堆到我的置物櫃來了。

➡

正向語句：
東西應該放在固定的位置上，希望你可以把自己的東西放在自己的位置上。

情境：
他下課時總喜歡在教室裡打球，影響到我們的出入安全。

➡

正向語句：
……應該……
希望你可以……

情境：
分組討論時他總是自顧自的說話，完全不管我們。

➡

正向語句：
……應該……
希望你可以……

情境：

➡

正向語句：
……應該……
希望你可以……

發掘優點大作戰（一）（戰鬥力分析）

當班上有分組活動時，大家總是不想和他一組，讓我們戴上神奇眼鏡，試著看到他的優點，一起為他進行戰鬥力評估！

活動技能
戰鬥力：☆☆☆☆☆
描述：

專門知識
戰鬥力：☆☆☆☆☆
描述：

應變能力
戰鬥力：☆☆☆☆☆
描述：

表達能力
戰鬥力：☆☆☆☆☆
描述：

其他
戰鬥力：☆☆☆☆☆
描述：

發掘優點大作戰（二）

當班上有分組活動時，大家總是不想和他一組，讓我們戴上神奇眼鏡，試著討論怎麼將他的特質轉為長處，為班上的活動盡一份力……

終極任務：（寫下班上最近要共同參與的活動，如校慶時運動員創意進場）

仔細想想，他其實有一些優點挺不錯的，例如：	在終極任務中可以安排什麼樣的角色，讓他發揮他的優點？
1.	1.
2.	2.
3.	3.
4.	4.

說到做到

小組活動時，異世界同學和我們分在同一組，在他的特異行為中，哪些是對於小組合作有影響，必須要改進的？請試著練習排序，選擇他最需要改進的三件事和他一起討論，並記錄下來。

我希望他改進的行為……	對分組活動造成的影響性	改進順序
	☐ 很嚴重 ☐ 還可以忍受 ☐ 不是很嚴重	
	☐ 很嚴重 ☐ 還可以忍受 ☐ 不是很嚴重	
	☐ 很嚴重 ☐ 還可以忍受 ☐ 不是很嚴重	
	☐ 很嚴重 ☐ 還可以忍受 ☐ 不是很嚴重	
	☐ 很嚴重 ☐ 還可以忍受 ☐ 不是很嚴重	

小天使工作紀錄表

異世界同學整天上起課來好像不是那麼順利，常會看到他被老師責備或是與同學起衝突。和老師討論，在什麼時間我可以幫助他？又應該做什麼？並且列成工作紀錄表提醒自己。

時間：□星期一　□星期二　□星期三　□星期四　□星期五

時間	可以為他做什麼？
第一節	
第二節	
第三節	
第四節	
用餐和午休	
第五節	
第六節	
第七節	

各不說各話！

異世界同學和別人吵架了，我可以怎麼試著讓他知道別人的看法？

他的說法是……V.S. 旁人的說法是……

相同點

差異點

釐清後的說法是？

可以怎麼做？（一）

　　班上要進行話劇比賽了，異世界同學很想要加入，但是其他同學對他的表現有疑慮，不太願意邀請他，我可以怎麼做？

請寫下或畫下你的做法……

▶▶ 給身邊有來自異世界同學的你（綜合演練）

可以怎麼做？（二）

　　異世界同學因為不瞭解同學的遊戲情境，又和同學起衝突了，我可以怎麼讓他理解衝突發生的原因？我可以怎麼做？

請寫下或畫下你的做法……

可以怎麼做？（三）

其他同學告訴我，和異世界同學在一起就會變得跟他一樣。我要怎麼讓他們理解異世界的奇妙，讓他們知道其實來自異世界的同學很有趣？

請寫下或畫下你的做法……

第二篇 | **給來自異世界的你**

　　這裡有一副神奇眼鏡，可以讓你看見不一樣的東西。雖然你來自異世界，但透過以下的練習，會讓你的「特殊」發揮美好……

我的異世界好努力宣言：

讓自己更好！（一）

當遭遇到挫折時，心情總是難以避免的沮喪，想想看有什麼方式可以讓自己快樂？又有什麼方法可以讓自己避免遭遇同樣的挫折？

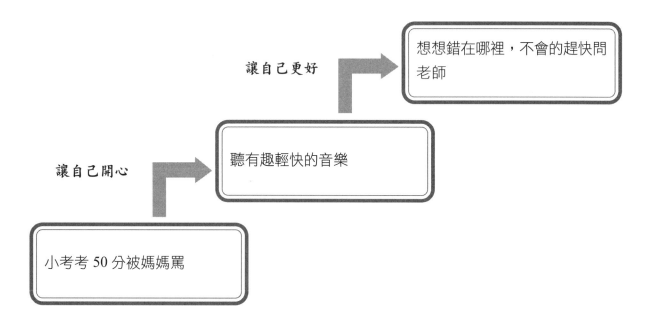

讓自己更好　→　想想錯在哪裡，不會的趕快問老師

讓自己開心　→　聽有趣輕快的音樂

小考考 50 分被媽媽罵

＊＊＊＊＊＊＊＊＊＊＊＊＊＊＊＊＊＊＊＊＊＊＊＊＊＊＊＊＊＊＊＊＊＊＊

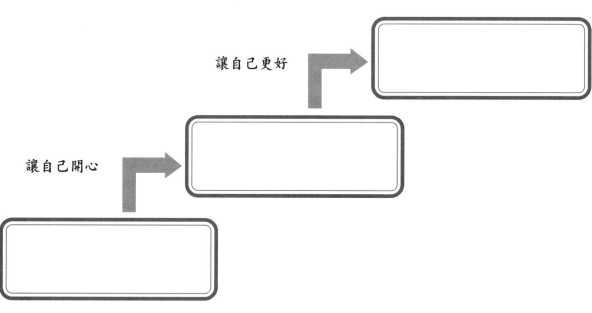

讓自己更好　→

讓自己開心　→

讓自己更好！（二）

當遭遇到衝突時，心情總是難以避免的激動，想想看有什麼方式可以讓自己平靜？又有什麼方法讓自己可以平靜的表達自己的感受？

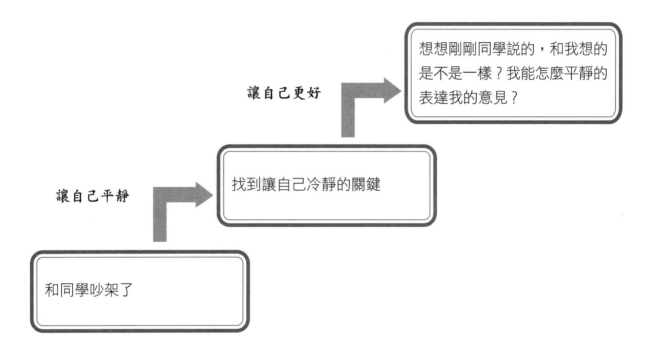

讓自己更好 →

想想剛剛同學說的，和我想的是不是一樣？我能怎麼平靜的表達我的意見？

讓自己平靜 →

找到讓自己冷靜的關鍵

和同學吵架了

＊ ＊

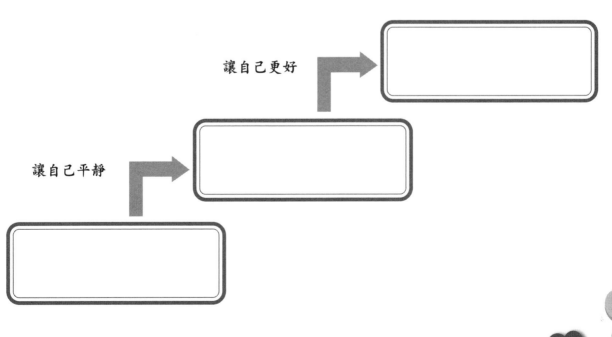

讓自己更好 →

讓自己平靜 →

發生什麼事？

不小心把水弄翻了，這看起來是一件不太好的事！試著戴上神奇眼鏡，看到一些有趣的事情。請接著在下方畫畫，發揮你的正向想像力，讓水翻倒的結局變得有趣……

▶▶ **給來自異世界的你（祕笈四）**

換句話說！

　　我要生氣了！當我生氣時，不假思索說出口的話好像很容易讓別人生氣，我可以怎麼換句話說，來表達我的感受？

我生氣時會說的話……

⬇

我想表示的其實是……

⬇

我可以怎麼說……

看看別人怎麼做！

在不同的情境中觀察別人的應對方法，以及別人的回應，將自己和他人的反應比較看看，並針對目的達成度與氣氛平和度打分數。

觀察對象：＿＿＿＿＿＿＿＿＿＿＿＿

情境：想拒絕幫同學送東西到辦公室。

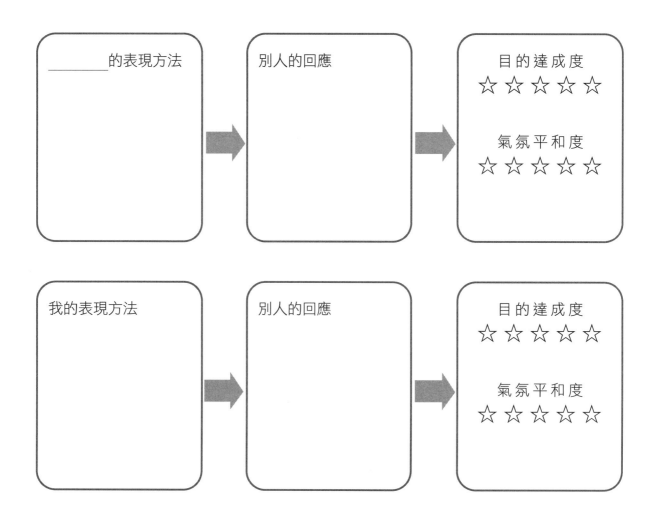

＿＿＿＿＿的表現方法	別人的回應	目的達成度 ☆ ☆ ☆ ☆ ☆ 氣氛平和度 ☆ ☆ ☆ ☆ ☆
我的表現方法	別人的回應	目的達成度 ☆ ☆ ☆ ☆ ☆ 氣氛平和度 ☆ ☆ ☆ ☆ ☆

聽聽別人怎麼說！

在不同的情境中觀察別人的應對方法，最後是否和平的達到目的？將自己和他人的表達方式比較看看，並針對目的達成度與氣氛平和度打分數。

觀察對象：＿＿＿＿＿＿＿＿＿＿

情境：同學誤會我的話，覺得我在罵他。

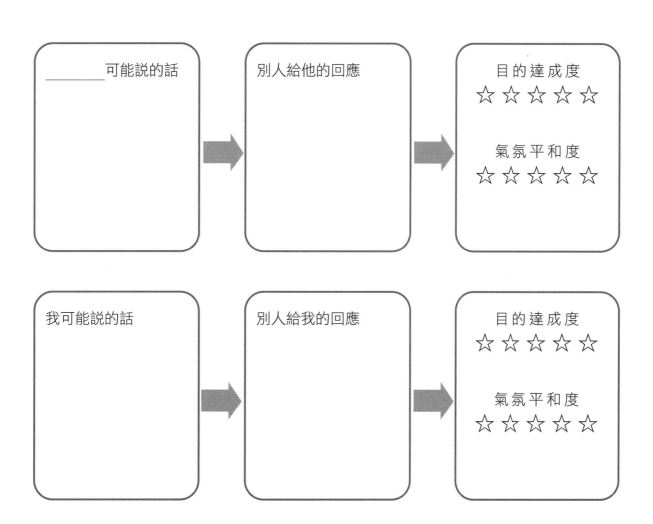

＿＿＿＿＿可能説的話 ➡ 別人給他的回應 ➡ 目的達成度 ☆☆☆☆☆　氣氛平和度 ☆☆☆☆☆

我可能説的話 ➡ 別人給我的回應 ➡ 目的達成度 ☆☆☆☆☆　氣氛平和度 ☆☆☆☆☆

我的通關密語

每當我生氣的時候，總是難以控制自己的脾氣。和老師或是好朋友討論，並寫下通關密語。當我生氣的時候，聽到這句話我會嘗試著冷靜（深呼吸十次）！

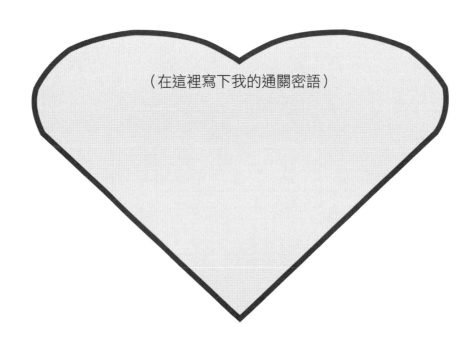

（在這裡寫下我的通關密語）

生氣的原因	聽到這句話後我的反應是	給自己的冷靜打分數
		☆ ☆ ☆ ☆ ☆
		☆ ☆ ☆ ☆ ☆
		☆ ☆ ☆ ☆ ☆

▶ 給來自異世界的你（祕笈八）

我的熱心付出紀錄表

　　我想讓大家知道，有了來自異世界的神奇活力，其實我也能為班上付出。和老師討論，一天當中有哪些事情是我可以幫忙的，將它們列成工作紀錄表，提醒自己。

時間：□星期一　□星期二　□星期三　□星期四　□星期五

時間	為大家做的事	為自己的表現打分數
第一節		☆非常棒　☆繼續努力　☆要加油
第二節		☆非常棒　☆繼續努力　☆要加油
第三節		☆非常棒　☆繼續努力　☆要加油
第四節		☆非常棒　☆繼續努力　☆要加油
用餐和午休		☆非常棒　☆繼續努力　☆要加油
第五節		☆非常棒　☆繼續努力　☆要加油
第六節		☆非常棒　☆繼續努力　☆要加油
第七節		☆非常棒　☆繼續努力　☆要加油

可以怎麼做？（一）

班上要進行話劇比賽了，我很想要加入，但是又擔心同學不願意讓我參加，想想看，我可以怎麼做？

請寫下或畫下你的做法……

可以怎麼做？（二）

　　我又和小明有衝突了，但我覺得我被冤枉了！這一切都不是我的錯！我應該怎麼讓老師知道我的委屈？想想看，我可以怎麼做？

請寫下或畫下你的做法……

可以怎麼做？（三）

小華的興趣好像和我的興趣一樣，我想和他做朋友，想想看，我可以怎麼做？

請寫下或畫下你的做法……

筆 記 欄

融合之愛系列 67026

我和我那來自異世界的朋友：學習手冊

作　　　者：黃姿慎、孟瑛如

執行編輯：陳文玲

總　編　輯：林敬堯

發　行　人：洪有義

出　版　者：心理出版社股份有限公司

地　　　址：231 新北市新店區光明街 288 號 7 樓

電　　　話：(02)29150566

傳　　　真：(02)29152928

郵撥帳號：19293172 心理出版社股份有限公司

網　　　址：http://www.psy.com.tw

電子信箱：psychoco@ms15.hinet.net

駐美代表：Lisa Wu（lisawu99@optonline.net）

排　版　者：龍虎電腦排版股份有限公司

印　刷　者：辰皓國際出版製作有限公司

初版一刷：2018 年 5 月

全套含繪本及學習手冊，定價：新台幣 300 元

學習手冊可單獨添購，定價：新台幣 50 元

這學期,親愛的老師給了我一個超級任務,他請我和班上
兩位來自異世界的同學好好相處做朋友。你猜我們會發生
什麼事呢?

心理出版社網站
http://www.psy.com.tw

ISBN 978-986-191-824-2
00300

9 789861 918242

(全套含繪本及學習手冊)